CW01584338

Première édition dans la collection *lutin poche* : juin 1997
© 1991, l'école des loisirs, Paris
Loi numéro 49956 du 16 juillet 1949 sur les publications
destinées à la jeunesse : mars 1991
Dépôt légal : juin 1997
Imprimé en France par Maury à Manchecourt

Antoon Krings

Norbert fait un gâteau

lutin poche de l'école des loisirs
11, rue de Sèvres, Paris 6e

Pour l'anniversaire
de sa sœur Valentine, Norbert
va faire un gâteau.

Il ouvre le livre de recettes
et se met au travail.

Très vite la cuisine devient
aussi sale que la poubelle.

Le gâteau est fini ; maintenant
il faut le mettre au four.

Mais Norbert a oublié les bougies !
Il court en acheter
au magasin *Je trouve tout*.

Au magasin, Norbert a trouvé
des bougies, des bonbons,
et aussi de la pâte à modeler.

À peine arrivé, Norbert
se précipite pour voir son gâteau,
mais il ne voit rien.
Quelle fumée dans la cuisine !

Norbert sort du four le gâteau
qui est tout brûlé.

« Valentine va bientôt rentrer de l'école ! » sanglote-t-il.

Norbert prend la pâte à modeler,
les bonbons et façonne
un gâteau de toutes les couleurs.

Norbert est très fier,
ce gâteau est vraiment réussi.

Ding dong !
C'est Valentine qui rentre de l'école.
Norbert allume vite les bougies
avant d'aller ouvrir.